Thérèse Raquin

FichesdeLecture.com

THÉRÈSE RAQUIN (FICHE DE LECTURE)   4

I. INTRODUCTION

II. RÉSUMÉ DU ROMAN

III. PRÉSENTATION DES PERSONNAGES

Thérèse Raquin

Laurent

Camille

Madame Raquin

François

Le vieux Michaud

Suzanne Michaud

Olivier Michaud

Grivet

IV. AXES D'ANALYSE DE L'ŒUVRE

Une étude des tempéraments

L'enfer moral

Éléments fantastiques

DANS LA MÊME COLLECTION EN NUMÉRIQUE   11

À PROPOS DE LA COLLECTION   19

Thérèse Raquin (Fiche de lecture)

I. INTRODUCTION

Thérèse Raquin est un roman écrit par Émile Zola (1840-1902). Il est publié pour la première fois sous la forme de feuilleton dans *l'Artiste*, au mois de mars 1867.

La réception de l'œuvre est violente, puisque la critique se déchaîne : on cite souvent, à titre d'exemple, un article de Louis Ulbach dans le *Figaro*, intitulé « la Littérature putride ». Même Sainte-Beuve envoie une lettre à Zola, dans laquelle il se montre assez partagé (pour ne pas dire franchement mitigé) sur le roman. Cela explique notamment que lors de la deuxième édition en 1873, Zola ajoutera une importante Préface à son ouvrage. On entrevoit déjà les principales thèses du naturalisme, que l'écrivain développera encore plus dans son cycle des Rougon-Macquart.

II. RÉSUMÉ DU ROMAN

Les parents de Thérèse Raquin sont un militaire français (Degans) et une Algérienne. Lorsqu'elle atteint l'âge de deux ans et que sa mère décède, elle est confiée à Madame Raquin, sa tante, qui vit en métropole. Cette dernière a un fils d'une nature très chétive, Camille.

À l'âge de vingt et un ans, Madame Raquin organise le mariage des deux cousins. Camille vise un poste administratif à Paris ; sa mère prend en charge une mercerie et investit un appartement près du Pont-Neuf. Les deux femmes y travaillent, tandis que Camille obtient un emploi au sein de l'administration du chemin de fer d'Orléans.

Dès lors, la vie de Thérèse bascule dans la routine, et ce pendant trois années. Les journées se ressemblent, sur le plan du travail, mais aussi des fréquentations. Ainsi, chaque jeudi, les mêmes personnages viennent jouer aux dominos, une soirée habituelle que déteste la jeune femme : Olivier et son père Michaud, tous deux dans la police (même si le père est retraité), Suzanne son épouse, et un collègue de Camille qui se prénomme Grivet.

Lors de ses soirées, Thérèse pense que le chat François est le seul être de la pièce à être vraiment humain, en comparaison des autres « cadavres mécaniques ».

Un jour pourtant, une rencontre inhabituelle a lieu. Camille présente un homme, Laurent, artiste peintre déçu employé dans la même administration que lui. Ils se connaissent depuis l'enfance. Laurent propose de peindre un portrait de Camille. Thérèse est fascinée par le nouveau venu, et ne parvient pas à détacher son regard de lui tandis qu'il peint.

Rapidement, quelque chose naît entre eux, et ils s'embrassent. Thérèse cède rapidement aux avances de Laurent.

Les amants entretiennent une passion secrète pendant des mois, tout en devant trouver en permanence des mensonges et excuses pour parvenir à se retrouver dans l'intimité de la chambre de l'héroïne. Puis Laurent est coincé au travail, ce qui pousse Thérèse à devoir le rejoindre. Elle pense déjà à se débarrasser de Camille, une idée dont elle fait part à son amant. Justement, le vieux Michaud leur raconte quelque temps plus tard un meurtre que personne n'a pu résoudre.

Lors d'une balade à Saint-Ouen, Thérèse, son mari et son amant décident de monter dans une barque. Laurent est prêt à agir. Il attend que tous trois aient atteint un coin de la Seine d'où personne ne peut les voir, et fait disparaître Camille en le faisant passer par-dessus bord. Bien que ce dernier se soit débattu (mordant même Laurent au passage), il ne sait pas nager. L'affaire passe pour un accident. Madame Raquin est dévastée ; mais Laurent ne trouve pas la paix avant d'avoir eu la confirmation du décès de sa victime, dont il a la preuve à la morgue.

Peu à peu, la vie reprend son cours, y compris les parties de dominos. Laurent est très présent dans la vie des Raquin. Mais il est comme hanté par le fantôme de Camille, et s'inquiète de voir qu'il a gardé la marque de la morsure. Thérèse non plus n'est pas tranquille, car elle a perdu le sommeil.

Le vieux Michaud estime qu'elle devrait se remarier, et que Laurent est le candidat parfait pour cela. Le mariage a lieu, mais la nuit de noces est épouvantable, car les deux amants se sentent poursuivis par le spectre de Camille. Leur vie devient un enfer : ils ont l'impression qu'il est là toutes les nuits, et ne trouvent plus de repos. Laurent regarde même leur chat sous un nouvel angle, avec la désagréable impression qu'il est habité par l'âme du défunt.

Laurent quitte les chemins de fer, bien décidé à revenir à sa passion, la peinture. Toutefois, il s'aperçoit que tous ses portraits se ressemblent, notamment parce qu'on y reconnaît des traits de Camille. Il arrête donc de peindre, désemparé.

L'état de santé de Madame Raquin s'aggrave terriblement, puisqu'elle perd la parole et est paralysée. Devant ses yeux, un jour, les deux époux avouent ce qu'il s'est passé sur la Seine. Totalement bloquée par son corps, Madame Raquin n'arrive pas à prévenir les visiteurs du jeudi soir. Quant à Thérèse et Laurent, ils voient les disputes se multiplier, ainsi que les crises de nerfs, toujours plus violentes. Laurent bat sa femme, et tue le chat.

La situation se dégrade si rapidement qu'il ne faut que six mois de mariage pour que l'appel au meurtre se développe dans le couple, dont la santé mentale est bien atteinte à ce stade. Thérèse a un couteau à portée de main, Laurent du poison (de l'acide prussique). Ils se suicident ensemble face à Madame Raquin. Cette dernière ne peut toujours pas bouger, mais elle apprécie cette vengeance de l'existence sur les meurtriers.

Cette conclusion a lieu...un jeudi.

III. PRÉSENTATION DES PERSONNAGES

Thérèse Raquin

Le titre choisi par Zola indique dès le départ que Thérèse va être un personnage important de l'histoire. La jeune femme, fille d'une Algérienne et d'un militaire français, est de plus en plus caractérisée par sa nervosité, son hystérie, et une tendance à la névrose qui s'amplifie au cours de l'œuvre. Thérèse est si perturbée qu'elle perd souvent la capacité de prendre rationnellement ses décisions, ou même d'exprimer ses propres volontés. Elle parvient néanmoins à suffisamment se contrôler pour endosser le rôle de la « veuve inconsolée » après le meurtre de Camille.

L'étymologie de son nom nous apprend plusieurs choses : en grec, son prénom signifie « qui sème », tandis que Raquin dérive de l'argot raquer, c'est-à-dire payer. Thérèse, c'est donc l'incarnation de « qui sème paie »...

Laurent

Le peintre frustré retrouve son ami d'enfance perdu de vue, Camille, au sein de l'administration des chemins de fer, où ils travaillent tous les deux.

Malgré la fascination qu'il exerce sur Thérèse, rien dans son portrait n'en fait un personnage attachant ou positif. Ainsi, il n'apparaît pas comme quelqu'un d'intelligent ou de sympathique. Il est même franchement antipathique et impulsif, violent, prêt à frapper ou tuer les membres de son entourage, de son ami au chat, en passant par sa femme...

Physiquement, il ressemble à un taureau (une comparaison développée par l'auteur).

Laurent est assez indolent, comme porteur d'une hérédité paysanne négative. Il va jusqu'à attendre que son père meure pour récupérer l'héritage et arrêter de travailler. Zola écrit que c'est « un paresseux, ayant des appétits sanguins, des désirs très arrêtés de jouissances faciles et durables ». Il devient alors un meurtrier, mais aussi un névrosé et un parasite pour les autres. Notons aussi que la peinture est une passion, mais aussi un moyen d'échapper aux travaux plus pénibles, puisqu'il pense que « le métier est drôle, pas fatiguant ».

Camille

Cousin, puis époux de Thérèse, il est le fils de Madame Raquin ; dès son enfance, c'est un être faible, chétif, facilement malade. Il a un côté enfant gâté. La seule scène où il fait véritablement preuve d'énergie et de force est en fait celle de son meurtre, paradoxalement.

Madame Raquin

La mère de Camille a fait tout ce qu'elle a pu pour protéger et aider son fils, allant jusqu'à lui organiser son mariage. C'est une femme d'une soixantaine d'années, qui symbolise l'amour maternel, même lorsqu'elle n'a plus de moyen de communiquer. Au final, elle est la seule à survivre.

François

François n'est autre que le chat tigré de Madame Raquin. Ce n'est pas un hasard s'il est un personnage à part entière, de par son nom, mais aussi par ce qu'il incarne suite au meurtre. Il devient une sorte de créature diabolique, symbole de culpabilité et de hantise pour les meurtriers. C'est pour cela que Laurent finit par le tuer.

Le vieux Michaud

Commissaire de police à la retraite, c'est un vieil ami de Madame Raquin (tous deux se connaissaient à Vernon).

Il a une influence certaine, puisque son choix est décisif lors du remariage de Thérèse avec Laurent.

Suzanne Michaud

Épouse d'Olivier Michaud, ce n'est pas un personnage très attirant, car elle est présentée comme chétive et pas très rapide. Mais elle s'entend bien avec Thérèse, et toutes deux passent des heures à discuter.

Olivier Michaud

Le fils du commissaire est marié à Suzanne. Lui aussi est dans la police ; Thérèse ne l'apprécie pas du tout.

Grivet

Il participe lui aussi aux soirées du jeudi. Grivet est employé au chemin de fer d'Orléans.

IV. AXES D'ANALYSE DE L'ŒUVRE

Une étude des tempéraments

Zola a ajouté une importante Préface à la deuxième édition du roman, dans laquelle il a présenté sa démarche et sa finalité : « *Dans Thérèse Raquin, j'ai voulu étudier des tempéraments et non des caractères. Là est le livre entier. J'ai choisi des personnages souverainement dominés par leurs nerfs et leur sang, dépourvus de libre arbitre, entraînés à chaque acte de leur vie par les fatalités de leur chair. Thérèse et Laurent sont des brutes humaines, rien de plus ».*

Tempéraments : voici le mot clé du roman. Zola développe l'idée d'une certaine fatalité des tempéraments, de cette « nature sanguine au contact d'une nature nerveuse » (le couple Laurent/Thérèse). Et il est vrai que les personnages, lors de leur progression vers la folie et le suicide, montrent à quel point ils sont soumis à leurs prédispositions héréditaires et à leur milieu, qui font que leurs tempéraments finissent par leur faire perdre leur libre arbitre.

Cette approche est caractéristique des naturalistes, en particulier de Zola. L'écrivain relate avec une précision de scientifique les différentes étapes du basculement de ses personnages. *Thérèse Raquin* est d'ailleurs l'un des premiers ouvrages à déployer l'approche naturaliste. Zola y a inscrit ses personnages dans un contexte social particulier, un environnement propice à l'expérimentation de ses théories, pour mieux développer sa théorie du déterminisme. L'idée est que les êtres humains sont principalement déterminés par leur hérédité et leur milieu, d'où cette idée d'étude des tempéraments « et non des caractères ».

L'enfer moral

La culpabilité des meurtriers après l'assassinat de Camille se déploie à travers la folie, la paranoïa et la névrose.

À de nombreux moments, l'ouvrage n'est pas sans rappeler d'autres modèles tragiques, dramatiques, à l'image des visions de *Macbeth* (Shakespeare), ou plus classiquement d'Egisthe. D'un point de vue tragique d'ailleurs, on pourrait interpréter les invités du jeudi comme une sorte de Chœur antique.

Mais surtout, Zola a enfermé ses personnages dans un milieu clos, sombre (la mercerie), rétréci, et franchement déprimant. Peu à peu, malgré leurs sorties à l'extérieur, les personnages sont piégés dans leur propre univers, ce qui est à relier à l'idée du déterminisme décrite précédemment.

Or, cet espace clos est propice à l'explosion des « tempéraments », qui y sont amplifiés, car cloisonnés. La fuite n'est plus une solution envisageable (mais l'a-t-elle déjà été pour les protagonistes ?). Dès lors, ne restent que les solutions extrêmes : évasion intérieure par la folie, externe par le suicide final.

On le voit, meurtre, folie, névrose, violence et suicide sont indissociables d'un espace clos commun aux personnages. Même Madame Raquin finira par tomber gravement malade, frappée d'aphasie, tandis que le chat du foyer meurt assassiné…

De plus, rappelons que, fidèle à la doctrine naturaliste, cet espace est déterminé par un environnement social et financier bien précis. On voit régulièrement à quel point les décisions des personnages sont influencées par des calculs que l'on pourrait qualifier de « bassement matériels ».

Enfin, l'enfer psychologique et physique passe par l'exposition des corps, leur lourde présence : le cadavre à la morgue, tout boursouflé ; la paralysie de madame Raquin ; la morsure dans le cou de Laurent…

Éléments fantastiques

Un détail est à relever : Zola a introduit quelques touches de fantastique, avec la question des spectres, du fantôme de Camille incarné dans le chat ou venant terroriser ses meurtriers… l'insomnie rappelle, une fois de plus, Macbeth et sa femme hantés par leurs crimes, et devenus la proie de la folie, du manque de sommeil, et des interventions surnaturelles réelles ou supposées.

Dans la même collection en numérique

Les Misérables
Le messager d'Athènes
Candide
L'Etranger
Rhinocéros
Antigone
Le père Goriot
La Peste
Balzac et la petite tailleuse chinoise
Le Roi Arthur
L'Avare
Pierre et Jean
L'Homme qui a séduit le soleil
Alcools
L'Affaire Caïus
La gloire de mon père
L'Ordinatueur
Le médecin malgré lui
La rivière à l'envers - Tomek
Le Journal d'Anne Frank
Le monde perdu
Le royaume de Kensuké
Un Sac De Billes
Baby-sitter blues
Le fantôme de maître Guillemin
Trois contes
Kamo, l'agence Babel
Le Garçon en pyjama rayé
Les Contemplations

Escadrille 80

Inconnu à cette adresse

La controverse de Valladolid

Les Vilains petits canards

Une partie de campagne

Cahier d'un retour au pays natal

Dora Bruder

L'Enfant et la rivière

Moderato Cantabile

Alice au pays des merveilles

Le faucon déniché

Une vie

Chronique des Indiens Guayaki

Je voudrais que quelqu'un m'attende quelque part

La nuit de Valognes

Œdipe

Disparition Programmée

Education européenne

L'auberge rouge

L'Illiade

Le voyage de Monsieur Perrichon

Lucrèce Borgia

Paul et Virginie

Ursule Mirouët

Discours sur les fondements de l'inégalité

L'adversaire

La petite Fadette

La prochaine fois

Le blé en herbe

Le Mystère de la Chambre Jaune

Les Hauts des Hurlevent

Les perses

Mondo et autres histoires

Vingt mille lieues sous les mers

99 francs

Arria Marcella

Chante Luna

Emile, ou de l'éducation
Histoires extraordinaires
L'homme invisible
La bibliothécaire
La cicatrice
La croix des pauvres
La fille du capitaine
Le Crime de l'Orient-Express
Le Faucon malté
Le hussard sur le toit
Le Livre dont vous êtes la victime
Les cinq écus de Bretagne
No pasarán, le jeu
Quand j'avais cinq ans je m'ai tué
Si tu veux être mon amie
Tristan et Iseult
Une bouteille dans la mer de Gaza
Cent ans de solitude
Contes à l'envers
Contes et nouvelles en vers
Dalva
Jean de Florette
L'homme qui voulait être heureux
L'île mystérieuse
La Dame aux camélias
La petite sirène
La planète des singes
La Religieuse
1984 A l'Ouest rien de nouveau
Aliocha
Andromaque
Au bonheur des dames
Bel ami
Bérénice
Caligula
Cannibale
Carmen

Chronique d'une mort annoncée
Contes des frères Grimm
Cyrano de Bergerac
Des souris et des hommes
Deux ans de vacances
Dom Juan
Electre
En attendant Godot
Enfance
Eugénie Grandet
Fahrenheit 451
Fin de partie
Frankenstein
Gargantua
Germinal
Hamlet
Horace
Huis Clos
Jacques le fataliste
Jane Eyre
Knock
L'homme qui rit
La Bête humaine
La Cantatrice Chauve
La chartreuse de Parme
La cousine Bette
La Curée
La Farce de Maitre Pathelin
La ferme des animaux
La guerre de Troie n'aura pas lieu
La leçon
La Machine Infernale
La métamorphose
La mort du roi Tsongor
La nuit des temps
La nuit du renard
La Parure

La peau de chagrin
La Petite Fille de Monsieur Linh
La Photo qui tue
La Plage d'Ostende
La princesse de Clèves
La promesse de l'aube
La Vénus d'Ille
La vie devant soi
L'alchimiste
L'Amant
L'Ami retrouvé
L'appel de la forêt
L'assassin habite au 21
L'assommoir
L'attentat
L'attrape-coeurs
Le Bal
Le Barbier de Séville
Le Bourgeois Gentilhomme
Le Capitaine Fracasse
Le chat noir
Le chien des Baskerville
Le Cid
Le Colonel Chabert
Le Comte de Monte-Cristo
Le dernier jour d'un condamné
Le diable au corps
Le Grand Meaulnes
Le Grand Troupeau
Le Horla
Le jeu de l'amour et du hasard
Le Joueur d'échecs
Le Lion
Le liseur
Le malade imaginaire
Le Mariage de Figaro
Le meilleur des mondes

Le Monde comme il va

Le Parfum

Le Passeur

Le Petit Prince

Le pianiste

Le Prince

Le Roman de la momie

Le Roman de Renart

Le Rouge et le Noir

Le Soleil des Scortas

Le Tartuffe

Le vieux qui lisait des romans d'amour

L'Ecole des Femmes

L'Ecume Des Jours

Les Bonnes

Les Caprices de Marianne

Les cerfs-volants de Kaboul

Les contes de la Bécasse

Les dix petits nègres

Les femmes savantes

Les fourberies de Scapin

Les Justes

Les Lettres Persanes

Les liaisons dangereuses

Les Métamorphoses

Les Mouches

Les Trois mousquetaires

L'étrange cas du Dr Jekyll et de Mr Hyde

L'Ile Au Trésor

L'île des esclaves

L'illusion comique

L'Ingénu

L'Odyssée

L'Ombre du vent

Lorenzaccio

Madame Bovary

Manon Lescaut

Micromégas

Mon ami Frédéric

Mon bel oranger

Nana

Ne tirez pas sur l'oiseau moqueur

Notre-Dame de Paris

Oliver twist

On ne badine pas avec l'amour

Oscar et la dame rose

Pantagruel

Le Misanthrope

Perceval ou le conte du Graal

Phèdre

Ravage

Roméo et Juliette

Ruy Blas

Sa Majesté des Mouches

Si c'est un homme

Stupeur et tremblements

Supplément au voyage de Bougainville

Tanguy

Thérèse Desqueyroux

Thérèse Raquin

Ubu Roi

Un Barrage contre le Pacifique

Un long dimanche de fiançailles

Un secret

Vendredi ou la vie sauvage

Vipère au poing

Voyage au bout de la nuit

Voyage au centre de la terre

Yvain ou le Chevalier au lion

Zadig

À propos de la collection

La série FichesdeLecture.com offre des contenus éducatifs aux étudiants et aux professeurs tels que : des résumés, des analyses littéraires, des questionnaires et des commentaires sur la littérature moderne et classique. Nos documents sont prévus comme des compléments à la lecture des oeuvres originales et aide les étudiants à comprendre la littérature.

Fondé en 2001, notre site FichesdeLectures.com s'est développé très rapidement et propose désormais plus de 2500 documents directement téléchargeables en ligne, devenant ainsi le premier site d'analyses littéraires en ligne de langue française.

FichesdeLecture est partenaire du Ministère de l'Education du Luxembourg depuis 2009.

Plus d'informations sur www.fichesdelecture.com

Notes :